Lis i żuraw

- bajka Ezopa

The Fox and the Crane

- an Aesop's Fable

retold by Dawn Casey

illustrated by Jago

Polish translation by Jolanta Starek-Corile

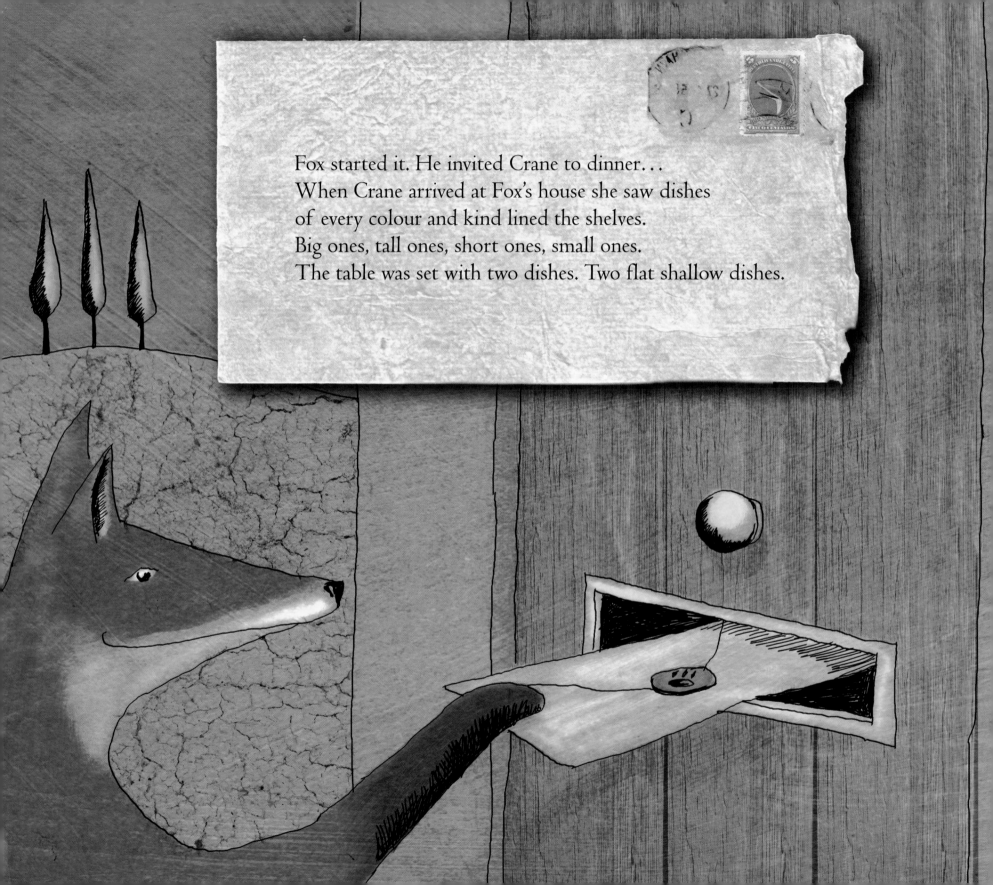

Fox started it. He invited Crane to dinner...
When Crane arrived at Fox's house she saw dishes
of every colour and kind lined the shelves.
Big ones, tall ones, short ones, small ones.
The table was set with two dishes. Two flat shallow dishes.

Zaczęło się od tego, że lis zaprosił żurawia na obiad...
Kiedy żuraw przybył do lisiego domu, ujrzał poustawiane
na półkach różnokolorowe i różnorakie naczynia.
Duże, wysokie, niskie i niewielkie. Na stole stały dwa talerze.
Dwa płaskie i płytkie talerze.

Żuraw stukał i uderzał swoim długim, wąskim dziobem,
ale bez względu na to jak bardzo się starał, nie był w stanie posilić się zupą.

  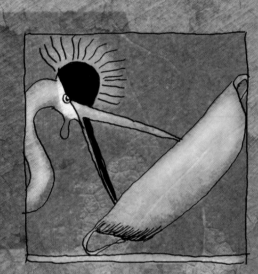

Crane pecked and she picked with her long thin beak. But no matter
how hard she tried she could not get even a sip of the soup.

Lis przyglądał się zmaganiom żurawia i podśmiewywał się pod nosem. Sam zaś zajadał swoją zupę ze smakiem. Najpierw małymi łyczkami, rozlewając na boki, siorbiąc i mlaskając na wszystkie strony wychłeptał ją do dna. „Ach, jaka smaczna" – zadrwił, obcierając łapą swoje wąsy. „Ale żurawiu, nie tknąłeś swojej zupy" – odrzekł lis z drwiącym uśmieszkiem na twarzy. „Tak mi przykro, że ci nie smakowała" – dodał, powstrzymując się od śmiechu.

Fox watched Crane struggling and sniggered. He lifted his own soup to his lips, and with a SIP, SLOP, SLURP he lapped it all up. "Ahhhh, delicious!" he scoffed, wiping his whiskers with the back of his paw. "Oh Crane, you haven't touched your soup," said Fox with a smirk. "I AM sorry you didn't like it," he added, trying not to snort with laughter.

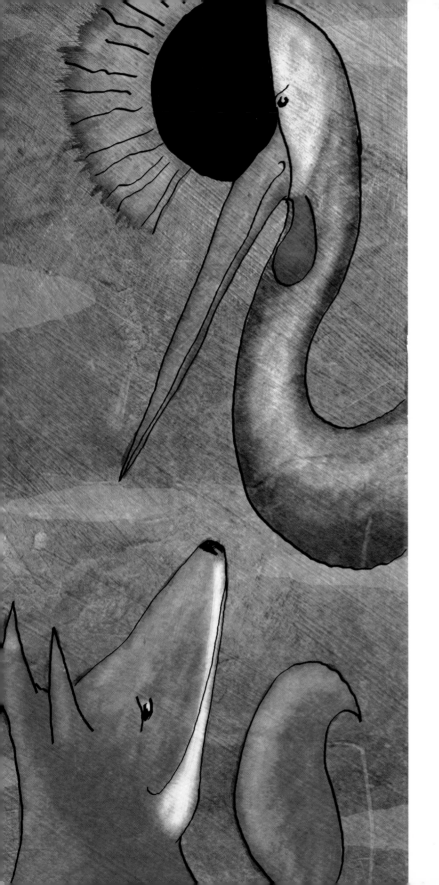

Żuraw nic nie odpowiedział. Spojrzał tylko na posiłek. Spojrzał na talerz. Spojrzał na lisa i uśmiechnął się.
„Drogi lisie, dziękuję za twoją życzliwość" – grzecznie odpowiedział żuraw. „Pozwól, że ci się odwdzięczę – przyjdź proszę na obiad do mojego domu".

Kiedy nadszedł lis, było otwarte okno. Smakowity zapach unosił się w powietrzu. Lis uniósł do góry nos i głęboko wciągnął powietrze. Ślinka napłynęła mu do ust i zaburczało mu w brzuchu. Lis oblizał się ze smakiem.

Crane said nothing. She looked at the meal. She looked at the dish. She looked at Fox, and smiled.
"Dear Fox, thank you for your kindness," said Crane politely. "Please let me repay you — come to dinner at my house."

When Fox arrived the window was open. A delicious smell drifted out. Fox lifted his snout and sniffed. His mouth watered. His stomach rumbled. He licked his lips.

„Mój drogi lisie, wejdź proszę" –
powiedział żuraw, serdecznie
zapraszając go do środka. Lis wszedł
i ujrzał różnokolorowe i różnorakie
naczynia poustawiane na półkach.
Czerwone, niebieskie, stare i nowe.
Na stole stały dwa naczynia.
Dwa wysokie i wąskie flakony.

"My dear Fox, do come in," said Crane,
extending her wing graciously.
Fox pushed past. He saw dishes of
every colour and kind lined the shelves.
Red ones, blue ones, old ones, new ones.
The table was set with two dishes.
Two tall narrow dishes.

Lis z trudem chłeptał i wylizywał swoim krótkim pyszczkiem, ale bez względu na to jak bardzo się starał, nie był w stanie wydobyć ani jednego kęsa.

Fox licked and he lapped with his short little snout.
But no matter how hard he tried he could not
get even a mouthful of the meal.

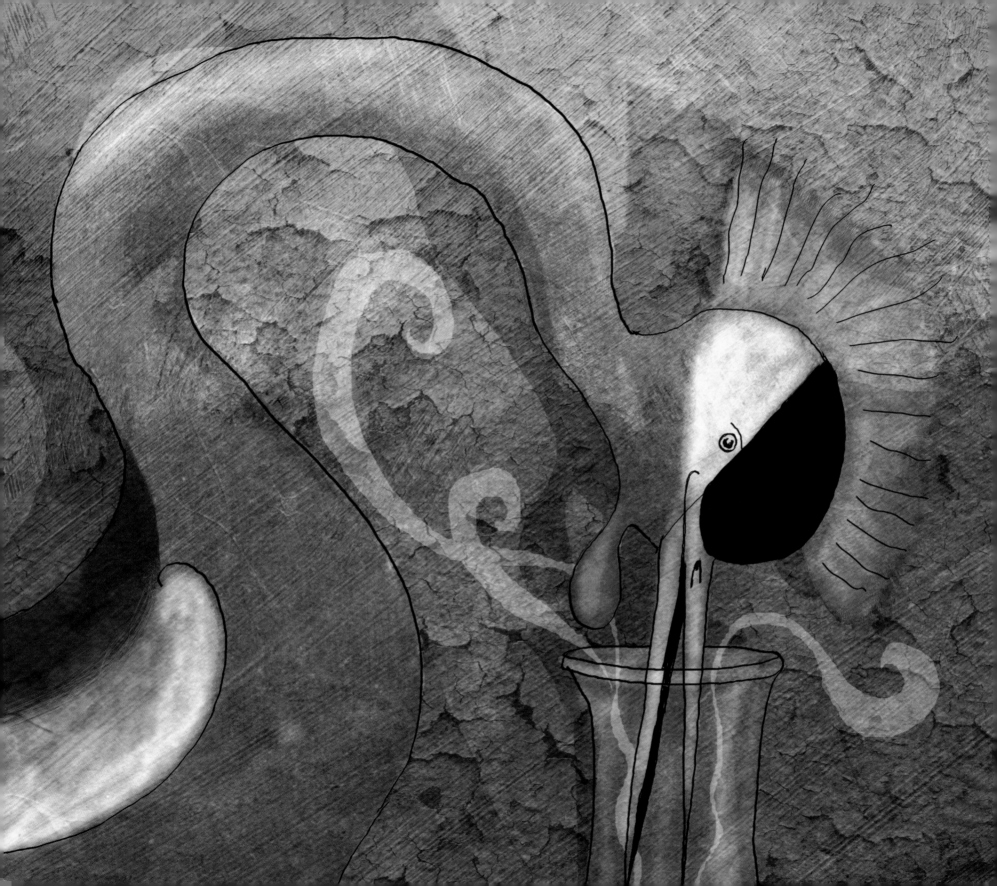

Żuraw powoli jadł swój posiłek, delektując się każdym kęsem.
„Drogi lisie, dziękuję ci serdecznie za przybycie" – uśmiechnął się
żuraw – „to przyjemność odpłacić za twoją życzliwość".

Lisowi burczało w brzuchu.
A kiedy wracał do domu, nadal był głodny.

Crane ate her meal very slowly, savouring every mouthful.
"Dear Fox, thank you so much for coming," she smiled,
"it has been a pleasure to repay your kindness."

Fox's tummy gurgled and grumbled.
And when he went home, he was still hungry.

The Fox and the Crane

Writing Activity:
Read the story. Explain that we can write our own fable by changing the characters.

Discuss the different animals you could use, bearing in mind what different kinds of dishes they would need! For example, instead of the fox and the crane you could have a tiny mouse and a tall giraffe.

Write an example together as a class, then give the children the opportunity to write their own. Children who need support could be provided with a writing frame.

Art Activity:
Dishes of every colour and kind! Create them from clay, salt dough, play dough… Make them, paint them, decorate them…

Maths Activity:
Provide a variety of vessels: bowls, jugs, vases, mugs… Children can use these to investigate capacity:

Compare the containers and order them from smallest to largest.

Estimate the capacity of each container.

Young children can use non-standard measures e.g. 'about 3 beakers full'.

Check estimates by filling the container with coloured liquid ('soup') or dry lentils.

Older children can use standard measures such as a litre jug, and measure using litres and millilitres. How near were the estimates?

Label each vessel with its capacity.

The King of the Forest

Writing Activity:
Children can write their own fables by changing the setting of this story. Think about what kinds of animals you would find in a different setting. For example how about 'The King of the Arctic' starring an arctic fox and a polar bear!

Storytelling Activity:
Draw a long path down a roll of paper showing the route Fox took through the forest. The children can add their own details, drawing in the various scenes and re-telling the story orally with model animals.

If you are feeling ambitious you could chalk the path onto the playground so that children can act out the story using appropriate noises and movements! (They could even make masks to wear, decorated with feathers, woollen fur, sequin scales etc.)

Music Activity:
Children choose a forest animal. Then select an instrument that will make a sound that matches the way their animal looks and moves. Encourage children to think about musical features such as volume, pitch and rhythm. For example a loud, low, plodding rhythm played on a drum could represent an elephant.

Children perform their animal sounds. Can the class guess the animal?

Children can play their pieces in groups, to create a forest soundscape.

Król lasu
- bajka chińska

The King of the Forest
- a Chinese Fable

retold by Dawn Casey

illustrated by Jago

Polish translation
by Jolanta Starek-Corile

Lis szedł spacerkiem przez las, kiedy usłyszał,
jak poruszyło się coś w wysokiej trawie.
ZASZELEŚCIŁO   coś potężnego.
MRUGNĘŁY   wielkie żółte oczy.
BŁYSNĘŁY   ostre jak brzytwa zęby.

Fox was walking in the forest when he heard something moving
in the long grass.
RUSTLE   Something big.
BLINK   Something with yellow eyes.
FLASH   Something with teeth like knives.

„Dzień dobry, lisku" – zaśmiał się tygrys szczerząc zęby.

Lis niespokojnie przełknął ślinę.

„Cieszę się, że cię spotkałem" – zamruczał tygrys – „zgłodniałem już trochę".

Lis odrzekł po szybkim namyśle – „Jak śmiesz! Nie wiesz, że jestem królem lasu?"

„Ty! Królem lasu?" – odrzekł tygrys i ryknął śmiechem.

„Jeśli mi nie wierzysz" – odpowiedział lis z powagą – „chodź ze mną,
a przekonasz się, że wszyscy się mnie boją".

„Muszę to zobaczyć" – powiedział tygrys.

I tak lis wybrał się na spacer przez las. Tygrys dumnie za nim podążał
z ogonem uniesionym wysoko, aż...

"Good morning little fox," Tiger grinned, and his mouth was nothing but teeth.

Fox gulped.

"I am pleased to meet you," Tiger purred. "I was just beginning to feel hungry."

Fox thought fast. "How dare you!" he said. "Don't you know I'm the King of the Forest?"

"You! King of the Forest?" said Tiger, and he roared with laughter.

"If you don't believe me," replied Fox with dignity, "walk behind me and you'll see –
everyone is scared of me."

"This I've got to see," said Tiger.

So Fox strolled through the forest. Tiger followed behind proudly, with his tail held high,
until…

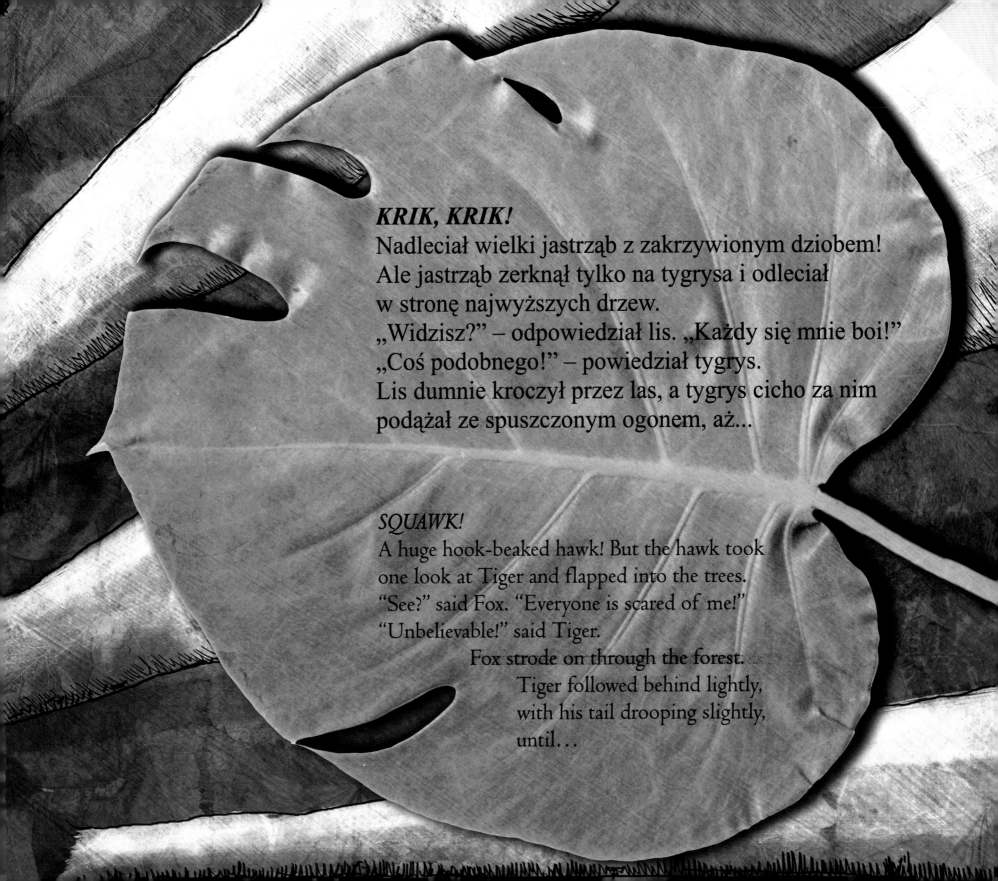

KRIK, KRIK!
Nadleciał wielki jastrząb z zakrzywionym dziobem!
Ale jastrząb zerknął tylko na tygrysa i odleciał
w stronę najwyższych drzew.
„Widzisz?" – odpowiedział lis. „Każdy się mnie boi!"
„Coś podobnego!" – powiedział tygrys.
Lis dumnie kroczył przez las, a tygrys cicho za nim
podążał ze spuszczonym ogonem, aż...

SQUAWK!
A huge hook-beaked hawk! But the hawk took
one look at Tiger and flapped into the trees.
"See?" said Fox. "Everyone is scared of me!"
"Unbelievable!" said Tiger.
Fox strode on through the forest.
Tiger followed behind lightly,
with his tail drooping slightly,
until…

GRRRR!

Nadszedł duży czarny niedźwiedź! Ale niedźwiedź rzucił tylko okiem na tygrysa i zaszył się w krzakach.

„Widzisz?" – powiedział lis. „Każdy się mnie boi!"

„Niesamowite!" – odrzekł tygrys.

Lis maszerował przez las, a tygrys pokornie za nim podążał ciągnąc swój ogon po ziemi, aż...

GROWL!

A big black bear! But the bear took one look at Tiger and crashed into the bushes.

"See?" said Fox. "Everyone is scared of me!"

"Incredible!" said Tiger.

Fox marched on through the forest. Tiger followed behind meekly, with his tail dragging on the forest floor, until…

SSSSSSS!
Pojawił się kręty wąż! Ale wąż zerknął tylko na tygrysa
i wpełzł w zarośla.
„WIDZISZ?" – odrzekł lis. „WSZYSCY SIĘ MNIE BOJĄ!"

HISSSSSSS!
A slinky slidey snake! But the snake took one look
at Tiger and slithered into the undergrowth.
"SEE?" said Fox. "EVERYONE IS SCARED
OF ME!"

„Widzę, widzę” – odpowiedział tygrys – „jesteś królem lasu,
a ja jestem twoim uniżonym sługą”.
„W porządku” – odrzekł lis. „Idź już sobie!”

I tygrys się oddalił z podwiniętym ogonem.

"I do see," said Tiger, "you are the King of the Forest and I am your humble servant."
"Good," said Fox. "Then, be gone!"

And Tiger went, with his tail between his legs.

„Król lasu" – mruknął do siebie lis uśmiechając się. Na twarzy pojawił się wielki uśmiech, po czym lis zaczął chichotać, a w drodze powrotnej do domu lis śmiał się do rozpuku.

"King of the Forest," said Fox to himself with a smile. His smile grew into a grin, and his grin grew into a giggle, and Fox laughed out loud all the way home.

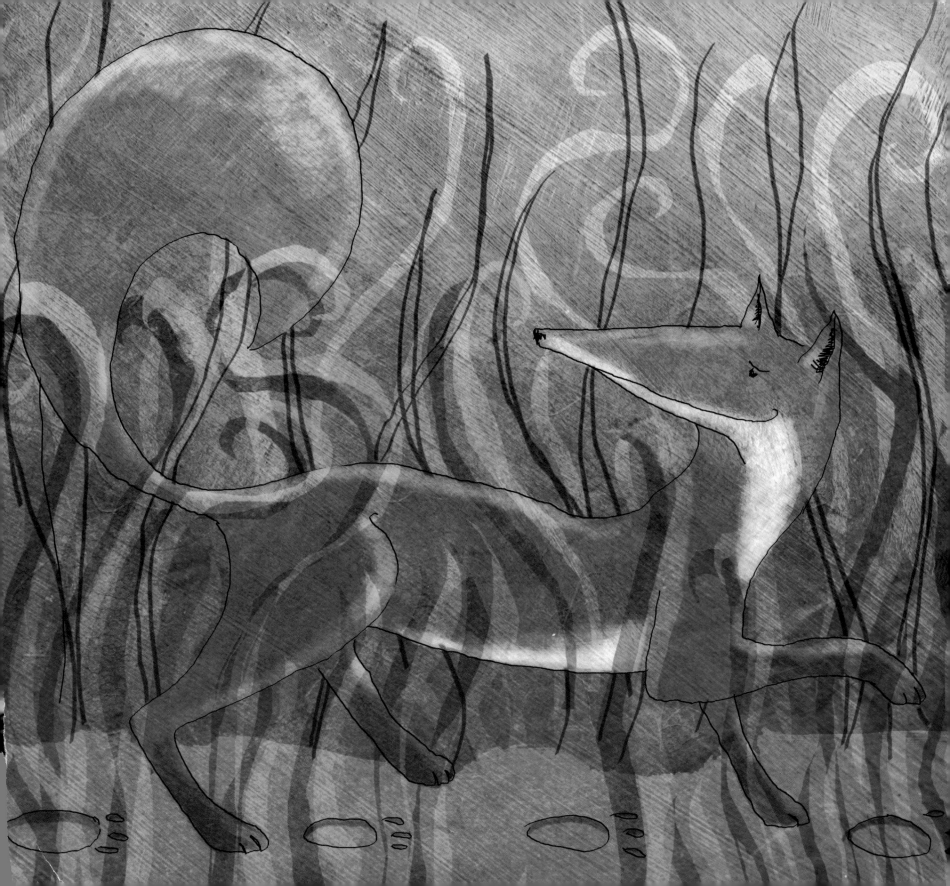

To my Nana, with love ~ DC

For my wife, Alex ~ J

First published in 2006 by Mantra Lingua Ltd
Global House, 303 Ballards Lane
London N12 8NP
www.mantralingua.com

A CIP record for this book is available from the British Library